Kids

Este libro pertenece a:

Penguin Random House Grupo Editorial

Primera edición: febrero de 2024

ISBN: 978-84-19511-75-1

Depósito legal: B-9.476-2023

Impreso en China

PK 1 1 7 5 1

—¡Papá, papá! ¡He hecho caca! —dice Martín.
Papá se acerca, lo huele y dice:
—¿Estás seguro? ¡Si aquí no huele mal!
—¡Que sí, ven y míralo tú mismo!

Y cuando papá le quita el pañal..., ¡no hay nada!

Pero...
¿dónde está la caca?

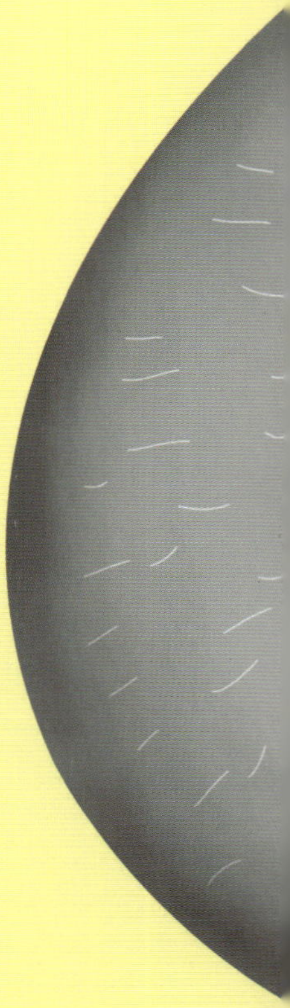

Papá observa todos los rincones de la habitación y no ve la caca en ningún sitio.

Pero... ¿dónde está la caca?

Martín está a punto de decir algo, pero papá ya está al final del pasillo para seguir buscando.

Martín lo sigue muy sorprendido.
Papá mira y remira por todos lados, detrás del mueble de la entrada, dentro del paragüero y también en la mochila.

Incluso mira detrás de un cuadro,
¡como si las cacas volaran!

**Pero... ¿dónde está
La caca?**

—¿Qué buscas? —pregunta mamá.
—Busco una caca... —contesta papá—. Martín dice que ha hecho caca, pero en su pañal no está.
Y mamá se levanta para ayudar a buscarla.

Mira en la mesa del comedor,
debajo de la alfombra y detrás del sofá.
¡Como si las cacas se escondiesen!

Pero... ¿dónde está la caca?

Cuando Ana, la hermana de Martín, llega del colegio, pregunta:

—¿Qué buscáis?

—¡Una caca! —contesta Jerónimo, el erizo—. Martín dice que ha hecho caca, pero en su pañal no está.

Ana deja la mochila y empieza a buscar en todas partes. Revisa incluso encima de la lavadora, ¡como si las cacas escalasen!

Pero... ¿dónde está la caca?

Entonces llaman a la puerta.
La vecina del piso de arriba trae a Jerónimo,
que se ha vuelto a escapar por la escalera.

Cuando los ve tan ajetreados, pregunta:
—¿Qué buscáis?

—¡Una caca! —contestan todos—. Martín dice que ha hecho caca, pero en su pañal no está. La vecina los ayuda a buscarla y mira incluso en la pecera, ¡como si las cacas nadaran!

Pero... ¿dónde está la caca?

No encuentran la caca en ningún sitio.
Y entonces, todos preguntan a Martín:

Pero...
¿dónde está la caca?

Martín no tiene tiempo de contestar. El abuelo ha llegado de comprar el pan y pregunta:
—¿Qué buscáis?

—¡Una caca! —contesta papá—. Martín dice que ha hecho caca, pero en su pañal no está. El abuelo busca por todas partes, incluso dentro de la maceta, ¡como si las cacas fuesen plantas!

Pero... ¿dónde está la caca?

¡Se acabó! Martín ya está cansado de verlos a todos buscando la caca como niños pequeños por lugares extraños!

—Pero... ¿de verdad ninguno de vosotros sabe dónde está la caca? —pregunta Martín.

Y todos se miran con curiosidad porque ninguno sabe dónde está la caca de Martín.

Y tú, ¿lo sabes?

¡Si te atreves y no te dan asco las cacas ni el mal olor, pasa la página y encontrarás la caca de Martín!

Como ya soy mayor, no he hecho caca
ni en el suelo ni en el pañal... ¡La he hecho en el orinal!

Un divertido y tierno álbum ilustrado con solapas con el que los más pequeños se divertirán mientras aprenden a dejar el chupete.

Un increíble libro pop-up con texto rimado para revivir la magia de uno de los clásicos más populares: *Los tres cerditos*.

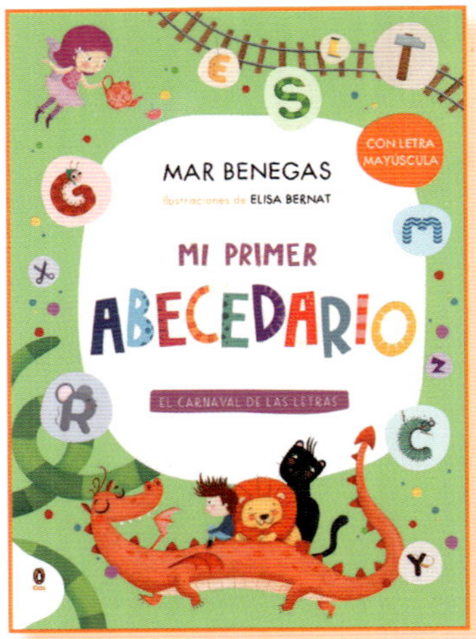

Un básico de toda pequebiblioteca: un abecedario, escrito por Mar Benegas y con rimas perfectas para que los pequeños aprendan las letras.

Un álbum ilustrado conmovedor sobre la diversidad, la tolerancia y la importancia de ser siempre nosotros mismos. Ganador del Premio UNESCO.